AF384709

LE BON-HOMME

AUX

BONNES-GENS,

ÉPÎTRE

Suivie de Notes que les Bonnes-Gens liront.

A AMSTERDAM,

Et se trouve à Paris,

Chez Desenne, Libraire, au Palais Royal, près les Variétés, n°. 216.

M. DCC. LXXXVI.

LE BON-HOMME

AUX

BONNES-GENS,

ÉPÎTRE.

Suivie de NOTES *que les Bonnes-Gens liront.*

Vous, qu'un monde orgueilleux loue avec ironie,
Et qui fobres d'efprit, difpenfez de génie ;
Souriez à ces vers négligemment tracés :
Vous ne prônerez point, vous lirez, c'eft affez.
Combien de protecteurs, de cenfeurs qu'on admire,
Vantent tout, blâment tout, mais ne favent pas lire !
Ce n'eft plus qu'avec vous, qu'évitant leurs cla-
  meurs,
On peut s'entretenir de bon-fens & de mœurs.

A

L'oracle alphabétique invoqué de notre âge
Sur ce pauvre bon-fens donne au fens l'avantage :
Eft-ce donc au meilleur ? chacun cite le fien,
Et trop fouvent le mieux fut l'ennemi du bien.

Nos plaifans du bel air, avec plus de franchife,
Placent le fens-commun tout près de la fottife.
De peur d'être des fots ils l'ordonnent ainfi.
D'en être trop voifins, qu'ils n'aient point de fouci.
L'efprit eft maintenant, ce qu'à tout on préfère.
Eh ! qui peut en manquer depuis qu'on en fait faire ?
Mais tel eft fon malheur, que fans malignité,
Sans traits calomnieux & fans impiété,
Le fel des calembourgs & le fel des charades
Ne fauroient empêcher fes bons-mots d'être fades.

Ces cuiraffes d'airain que portoient nos ayeux,
Que dans les arcenaux on montre aux curieux,
Si nos preux s'en couvroient, les rendroient im-
　　mobiles.
Les corps font affoiblis, les cerveaux font débiles.
Un jugement folide eft pefant aujourd'hui.
On vainc bien fans armure, on juge bien fans lui.

Du jugement ! à quoi serviroit-il encore ?
On ne décide plus que de ce qu'on ignore.

Que dis-je ! & quel blasphême osè-je prononcer !
On fait tout à présent, même sans y penser.
Comme depuis trente ans les têtes sont changées !
Jadis que de labeurs, de veilles prolongées,
A peine suffisoient pour apprendre un seul art !
Pour les englober tous, il suffit d'un regard.
N'ayons sur leurs progrès aucune inquiétude :
Le coup-d'œil du génie a remplacé l'étude.
Ces jours qu'elle absorboit en de vieux préjugés,
La débauche & le jeu se les sont partagés.

Autrefois des experts loin de grossir la liste,
Les seigneurs consultoient & payoient un artiste ;
Beaucoup mieux élevés, nos Comtes, nos Marquis
L'occupent à crédit, mais lui font ses croquis ;
Et l'artiste, en suivant leurs avis admirables,
Enrichit leur sallon de chefs-d'œuvre impayables.

Bientôt on apprendra tout ce qu'on peut savoir
Même en se dispensant d'écouter & de voir.
La plus haute science est bannale & publique :

On la jette à la tête, & pour un prix modique
Vous allez la humer dans un cercle brillant
Où, quoi de plus commode! on s'inftruit en bâillant.
On s'étend, on digère, on parle de voitures,
De *coureurs*, de bijoux, de piquantes brochures,
De chiens, de baladins, de mille autres objets,
De lumineux propos très-importants fujets ;
On differte à ravir fur un cordon de cane,
On perfiffle, on fe lorgne, on chuchotte, on ricane,
Et pour mieux profiter d'auffi doctes loifirs,
On prend des rendez-vous pour de nouveaux
        plaifirs.
On s'endoctrine ainfi, quoiqu'on dife ou qu'on faffe;
Le point effentiel eft de payer fa place.

Les dames pour s'inftruire ont les mêmes fecours;
Des favans beaux parleurs, de délicieux cours.
Leur bon goût rend la vogue aux airs académiques,
Et tout, jufqu'aux fadeurs, eft en termes tecniques.
Le galant géometre y verfant fa clarté,
Décuplera les dons de l'amabilité.
Que de Belles déjà parlent fans pédantifme,
De poufs & d'alkalis, de gaz, de magnétifme,

D'air déphlogistiqué, de détonation,
De rapports, de contact, d'organisation !
On vante leur savoir, en physique, en chymie,
Et plus d'une matrone y joint l'anatomie.
La science de l'homme est leur délassement.
Des entrailles du globe au haut du firmament,
Il n'est point de secrets que leur esprit ne sonde :
Elles sauront dans peu comment on fait un monde.

Leur ménage, il est-vrai, n'est pas bien gouverné,
Leur enfant est mal-sain, & mal morigéné.
Avec quelques amis Chloé fait un ouvrage ;
Peut-on l'entretenir d'enfans & de ménage ?
Il vaudroit presque autant, censeur gauche &
     brutal,
Lui parler de pudeur ou d'amour conjugal.
On ne s'impose plus un devoir trop vulgaire.
Femme d'un certain ordre est-elle épouse & mère ?
Et femme philosophe a-t-elle encore un cœur ?
Ce mot excite en elle un sourire moqueur.

Que des petits bourgeois la famille nombreuse
Soit raisonnable, honnête, autant que vigoureuse ;

D'elle aux enfans des grands nulle comparaifon :
Cela vit de fanté, de vertu, de raifon.
Mais l'unique héritier de cent ans de nobleffe,
Tout entier dans un nom que foutient fa richeffe
Peut être cacochime, imbécille, infolent :
Il emploiera d'autrui, les nerfs & le talent.
Il devient ce qu'il veut, un héros, un génie,
Il donne à fes travers une grâce infinie,
Regorge de vertus même fans probité,
Et s'affure, à prix d'or, de l'immortalité.
S'il meurt, malgré cela, de verbeux nécrologes
Aux fiecles avenir tranfmettent fes éloges.
La baffeffe au grand-homme érige un monument.
Pour lui, les vers, la profe & le marbre, tout ment ;
Et dix luftres plus tard, des brocanteurs de gloire
A fes dignes neveux dédieront fon hiftoire.

Au luxe, à la moleffe, aux plus crians excès ;
L'époque où nous vivons joint d'étonnans fuccès.
Que de facilités vont la rendre fameufe !
Au temple de mémoire on arrive en *dormeufe* ;
Et voulez-vous planer fur le facré vallon?
Soudain la vanité vous offre fon ballon.

Diĉtez quelques pamflets, on imprime vos œuvres.
Tels n'étoient à midi que d'ineptes manœuvres,
Qui vers la fin du jour, favoris des neuf sœurs,
Et d'encens ennivrés, s'endorment profeſſeurs.

On court avec tranſport aux raretés nouvelles,
En fuyant la raiſon cent fois plus rare qu'elles.
Penſez-vous qu'on la fuie afin de s'amuſer ?
Voyez nos triſtes foux pour vous déſabuſer.

De nos cercles bruyans l'humeur leſte &
    cauſtique
Accuſe la raiſon d'être mélancolique ;
Je crains fort qu'ennuyer ſoit ſon moindre défaut.
La fleur du bel-eſprit eſt tout ce qu'il leur faut.
Ce n'eſt point cette fleur, dont la beauté durable
Orne la vérité, qu'elle rend plus aimable,
Et qui, pour ranimer les mortels abattus,
Peut mêler ſon parfum aux parfums des vertus.
C'eſt une fleur bizarre, éphémère, inodore,
Qui n'a qu'un faux éclat, qu'un ſouffle décolore,
Qu'une chaleur faĉtice a fait épanouir,
Qu'un air plus tempéré feroit évanouir ;

A 4

Qui, du fumier du vice artiſtement nourrie,
Couronne le ſommet d'une tige pourrie.

    D'en cacher la racine on s'eſt long-temps flatté ;
C'eſt toujours par les mœurs que l'eſprit eſt gâté.
A la ſimple vertu le bon-ſens nous rappelle :
Son tort impardonnable eſt de plaider pour elle.
Si jamais ce bourru ne parloit de devoir,
On pourroit ſe réſoudre à le bien recevoir ;
Mais de tout ce qu'on fait il devient la ſatyre.
L'homme qui ſe mépriſe a beſoin de délire.
Il auroit pour bourreau ſon propre jugement ;
Bercé par la folie il évite un tourment.

    Adroits à ſecouer une honte incommode,
Nos ſémillans *roués*, nos femmes à la mode,
Qui mettroient la ſageſſe aux petites-maiſons,
Ont pour extravaguer d'excellentes raiſons ;
Et rien n'explique mieux à qui veut bien les ſuivre
Leur façon de penſer, que leur façon de vivre.
Alors de leur démence on n'eſt point étonné.
L'égoïſme homicide a tout empoiſonné.
Il n'eſt point de liens que ſa main n'oſe rompre.

On ne fe touche plus qu'afin de fe corrompre.
L'or vaut tout ; la débauche eft l'unique bonheur.
Du comble du fcandale on fe fait un honneur.
En tout dérèglement la jeuneffe eft précoce.
Un bon confeil pour elle eft un injure attroce ;
Et l'adulte énervé qu'on ne furveille plus,
Avant d'être majeur eft un vieillard perclus.
Par l'intrigue ou l'orgueil à l'intérêt vendues,
Et par l'aveugle hymen au caprice rendues,
De lubriques beautés en s'entourant d'ingrats
Lutent de perfidie avec des fcélérats ;
Et malgré mille foins pour plâtrer leur vifage
Bientôt de leur morale il eft l'affreufe image.
Auprès de telles gens, s'ils pouvoient y tenir,
De bon-fens & de mœurs comment s'entretenir ?

Amis, que ce beau monde eft loin de vos maximes !
Vous pleurez d'une faute, il plaifante de crimes.
Vous croyez bonnement ce qu'ont cru vos ayeux ;
Votre religion ne préfente à fes yeux
Que de vains préjugés, des contes de grand'mères :
Mais en faveur du vice il peut croire aux chimères ;

Et comme la vertu tient à la vérité,

Il réserve sa foi pour quelque absurdité.

Une ame dans un corps, voilà ce que vous êtes;

Vive le bel-esprit pour être au rang des bêtes!

Comme elles, vous dit-il, le pur hazard l'a fait;

Mais il dut au hasard un instinct plus parfait.

N'allez pas lui parler de céleste origine;

Il est homme à prouver qu'il n'est qu'une machine,

Le tout pour faire honneur à son entendement.

Il a réduit son code aux loix du mouvement.

Aussi doctes que lui, sa femme & ses maîtresses

Au fluide nerveux imputent leurs foiblesses.

C'est ainsi que du monde ils ont banni le mal.

Quoi de plus innocent qu'un penchant animal!

Si vous vous instruisez, c'est afin d'être utiles:

Tous ces savans de mots n'en font que plus futiles.

A posséder un art si vous vous destinez,

Ce n'est qu'en travaillant que vous y parvenez:

De la science infuse ils ont le privilège.

Il ne leur manquoit plus qu'un peu de sortilège;

Mais le sabbat commence & bientôt, sans remords,

Ils pourront abufer des vivans & des morts :
Ils le croiront du moins ; des fonges ridicules
Sont la réalité de *penfeurs* incrédules.

Ne portez point envie à de pareils heureux ;
Que de biens vous avez qui ne font pas pour eux !
Bonnes-gens, gardez-vous de changer vos ufages.
Vous vivez fagement fans vous nommer des Sages.
Devant la fubfiftance à d'honnêtes travaux,
Vous nourriffez le pauvre & non pas des chevaux.
Vous effuyez les pleurs que cache l'indigence,
Sans donner aux journaux vos traits de bienfaifance.
Soumis au Créateur des peuples & des Rois,
Vous portez volontiers le joug facré des loix ;
Et fans vous égarer dans la métaphyfique,
Lorfque vous méditez fur l'univers phyfique ;
Vous êtes convaincus, malgré d'illuftres foux,
Que celui qui fit tout, en fait plus qu'eux & vous.

Vos femmes, dont jamais un minéral perfide
N'enlumina le teint pour le rendre livide,
Dont mille excès affreux, qu'on ne leur décrit pas,

N'ont ni blafé le goût, ni flétri les appas,
Ont d'innocents plaifirs au fein de leur famille,
Et font belles encore aux noces de leur fille.

Le temps avec lenteur fillonne votre front :
Ses ravages tardifs ne font point un affront.
Le crime feul outrage & fa trace eft infecte ;
Mais plus vous vieilliffez & plus on vous refpecte.
Les foins de votre fils font bien récompenfés :
Il vous fert, il travaille, & vous le béniffez.
Le terme arrive enfin ; mais c'eft le Ciel qui s'ouvre.
Ce que la foi promit à vos yeux fe découvre.
Avec férénité s'écoule ce moment
Où votre ame s'élance au fein d'un Dieu clément.

Que de l'heureux du jour les deftins font con-
      traires !
Il doit s'abandonner à de vils mercénaires,
Qui même en le flattant l'ont toujours méprifé.
Il infpire un dégoût qui n'eft plus déguifé,
Dès que la maladie au vice inexorable
Fait à leur intérêt un tort irréparable.

Décrépit avant l'âge, il se voit isolé :
Il connoît trop les siens pour être consolé.
Ceux qui disent: *mon fils*, estimoient une épouse.
Des droits de la vertu, sa vanité jalouse
Ne peut dans l'avenir retrouver le passé :
Selon lui, l'homme mort n'est qu'un mot effacé.
D'avides successeurs il voit l'impatience,
Il sent de faux amis le dépouiller d'avance.
Des modernes docteurs il a lu les écrits ;
Il ne croit point à Dieu, ne croit point aux esprits ;
Dans sa sombre fureur prompt à se contredire,
Il ne voit que des corps & veut pourtant maudire.
Il maudit ces railleurs dont les vœux inhumains
Précipitent l'instant qui va mettre en leurs mains
Ses trésors qu'a grossis plus d'un contrat inique
Et qu'attendent l'escroc & la femme publique.

Croyez-moi, Bonnes-gens, renoncez sans
   regrets
A ce faux bel-esprit qui fait tant de progrès.
Le sens-commun vaut mieux que la philosophie.

Jufqu'aux bords de la tombe il embellit la vie.
Ceux qui, rongés d'ennui, parlent de volupté,
Pour gage du bonheur vous laiffent la gaieté.
Si d'un ton dédaigneux Bonnes-gens on vous
      nomme,
Relifez quelquefois l'Épître du Bon-homme.

Fin de l'Épître.

NOTES

QUE LES BONNES-GENS LIRONT.

Vous qu'un monde orgueilleux loue avec ironie.

Les gens du monde difent : c'eft un bon-homme ; ces bonnes-gens ; qu'elle bonhomie ! d'un ton & en un fens dont il n'eft pas aifé de fe former une idée exacte. Si c'eft devant un bon-homme, ils perfifflent ; ils veulent lui laiffer croire que leur intention eft de le louer. Si c'eft entr'eux, ou ils donnent un ridicule à une perfonne abfente, ou ils font un reproche à celle qui les écoute.

« La diftance qu'il y a de l'honnête homme à l'habile
» homme, s'affoiblit d'un jour à l'autre, & eft fur le
» point de difparoître, obfervoit *la Bruyère*. L'habile
» homme, ajoutoit-il, eft celui qui cache fes paffions,
» qui entend fes intérêts, qui y facrifie beaucoup de
» chofes, qui a fu acquérir du bien ou en conferver.
» L'honnête homme eft celui qui ne vole pas fur les
» grands chemins & qui ne tue perfonne, dont les
» vices enfin ne font pas fcandaleux. » Tout cela étoit ainfi du temps de *la Bruyère*. Aujourd'hui, les vices fcandaleux n'empêchent pas d'être honnête hom-

me. L'habile homme doit ſavoir s'enrichir aux dépens d'autrui & ſavoir auſſi ſe ruiner, & il n'y a plus que de la mal-adreſſe à cacher ſes paſſions. L'habile homme & l'honnête homme, malgré le degré de perfection qu'ils ont atteint chacun de ſon côté, ne laiſſent pas de ſe toucher, de n'être même qu'un, ſuivant la prédic-tion de l'auteur des *Caractères*; & le trait qui les réunit le plus intimement, c'eſt leur manière ſemblable d'ap-précier les bonnes-gens & le bon-homme, qui, ſelon l'un & l'autre, ſont d'une inſupportable platitude.

Vantent tout, blâment tout, mais ne ſavent pas lire.

Cette derniere aſſertion ne doit pas être priſe au pied de la lettre. Ceux dont il eſt queſtion ici, ſavent lire, ſi par lire, on entend, avec M. *de Wailly*: « ſavoir connoître & comprendre la figure & le ſon des » caractères écrits ou imprimés de quelque langue. » Ils liſent des billets doux, des billets de rupture, des cartes de viſite, les chefs-d'œuvre de génie qui ſont ſur un évantail, ſur un écran; ils ſavent même écrire des billets d'honneur à ſix mois, qui ne ſeront pas payés de quelques années. Mais un volume excède-t-il une vingtaine de pages? ſa lecture devient un travail qui exige de la contention & qui retarderoit trop d'af-faires.

faires. Ils en jugent fur le titre, fur le nom de l'auteur
ou fur le grain du papier. L'extrême mobilité de leurs
yeux, l'irritabilité de leurs fibres & le manque de loifir
ne leur permettent tout au plus, que de faifir quelques
mots çà & là; un Journalifte leur apprend, en quatre
lignes, ce qu'ils penfent de cet ouvrage qu'ils auroient
oublié avant d'en avoir coupé les feuilles pour le par-
courir. N'eft-ce point ne favoir pas lire comme ces
bonnes-gens qui pèfent toutes les penfées d'un livre
& dont le cerveau devient, pour ainfi dire, une table
polytype des matières de ce livre?

Du Refnel, a dit :

» Tel eft devenu fat à force de lecture,
» Qui n'eût été qu'un fot en fuivant la nature.

Grâces aux mœurs, aux nerfs & à la belle éducation
d'à préfent, nous n'avons plus ni de ces fats, ni de ces
fots. On raffole, comme on fait, de la nature; mais on
ne la fuit pas affez fervilement pour aboutir à n'être
qu'un fot; & la lecture & fes excès, ne donnent aujourd'hui de fatuité à perfonne.

L'oracle alphabétique invoqué de notre âge.

» Il y a bien de la différence dans notre langue, dit
un auteur, d'après l'Encyclopédie, entre un homme

B

» de fens & un homme de bon-fens. L'homme de fens
» a de la profondeur dans fes connoiffances & beaucoup
» d'exactitude dans le jugement ; c'eft un titre dont tout
» homme peut être flatté. L'homme de bon-fens au
» contraire paffe pour un homme fi ordinaire, qu'on
» croit pouvoir fe donner pour tel fans vanité : c'eft
» celui qui a affez de jugement & d'intelligence pour
» fe tirer à fon avantage des affaires ordinaires de la
» vie (*) ».

Après avoir dit que tout homme peut être flatté du titre d'homme de fens, ajouter : l'homme de bon-fens *au contraire* ... c'eft affez indiquer combien peu l'on eft maintenant flatté de cette dernière qualification. Mais dire que l'homme de bon-fens paffe pour fort *ordinaire*, n'eft-ce point parler trop bon-fens pour être entendu du beau monde où rien n'eft plus *extraordinaire* que le bon-fens? il n'y a plus de vanité à y prétendre, parce qu'il n'y a plus que du ridicule. Une élégante ne quitte pas fon énorme chapeau pour fe parer du petit bonnet de fa bifayeule. Celui qui fe tire à fon avantage des affaires de la vie, a, de nos jours, plus de fagacité & de rufe que de bon-fens, tant on

---

(*) *Synonymes françois*, par M. l'abbé *Girard*, édition revue & augmentée par M. *Beauzée*, qui cite l'*Encyclopédie*, p. 329.

met de fineſſe & d'aſtuce à tout. Si le *ſens* eſt préfé-. rable au *bon - ſens*, c'eſt un point de calcul. L'un eſt plus lucratif que l'autre, &, ſous cet aſpect, il vaut mieux. La claſſe des gens de bons-ſens eſt celle qui fournit le plus grand nombre de dupes aux hommes de ſens qui en profitent. Quelque peu de ſtabilité qu'ait une langue, elle ne ſauroit ſuivre la rapidité progreſſive de la chute des mœurs : il faudroit faire un dictionnaire tous les ſix mois, & encore y ſeroit-on fort embarraſſé par les contradictions. Avancez dans un cercle telle propoſition dictée par le ſens-commun dont on ne veut plus, & on vous accuſera de n'avoir pas le ſens-commun. Le mot de l'énigme ne ſeroit-il pas qu'on parle ſans s'entendre ?

On vainc bien ſans armure, on juge bien ſans lui.

Ce *lui* donnera peut-être matière aux réflexions des beaux-eſprits dont on connoît le rigoureux puriſme pour les productions d'autrui. *Lui, Eux, Elle, Elles,* précédés d'une prépoſition ne ſe diſent que des perſonnes ou des choſes perſonnifiées, ſuivant la grammaire. En convenant de la règ'e & de l'utilité de l'obſervation qui la rappelleroit, ne pourroit on pas ou réclamer les prérogatives de la poëſie, qui a le droit d'animer tout, où remarquer que cette Épître n'eſt point adreſſée aux beaux-eſprits puriſtes & qu'ils peuvent regarder comme ſans conſéquence le ſtyle de ce qui n'eſt pas écrit pour eux?

Le coup-d'œil du génie a remplacé l'étude.

Bien en vaut aux imprimeurs & aux libraires. Un de ces ſavans à l'ancienne mode, à qui il a fallu toute ſa vie pour le devenir, a cru prouver que l'épidémie des notions ſuperficielles & de ſimples nomenclatures finiroit par ramener la barbarie. Peut - on ſe donner tant de peines pour appuyer une ſi groſſière erreur?

L'univerſalité des lumières eſt l'un des plus hauts périodes de la civiliſation. Vouloir les concentrer ſur un ſeul objet, ce ſeroit donner très-inutilement à ſon eſprit l'effet d'un miroir concave. Des rayons éparpillés ou divergens font un jour plus doux. Pour *le coup-d'œil du génie,* c'eſt une expreſſion *trouvée;* elle dit d'innombrables choſes qu'on n'a bien ſaiſies que depuis quelques années. La fin du dix-huitième ſiècle ſera le déſéſpoir des races futures, comme elle éclipſe tous les âges écoulés. On ne la louera dignement qu'en convenant qu'elle ne reſſemble à rien. Quant aux pronoſtics de barbarie, il eſt aiſé de démontrer qu'ils ſont ridicules. Les dames deviennent les arbitres de tout ce qui a quelque rapport au génie, & elles font fi éloignées d'être ou de devenir barbares, que même un poëte trahi, quitté & fifflé n'oferoit plus aujourd'hui leur donner cette épithète dans une Élégie, une Épître chagrine, ou une Épigramme.

Enrichît leur fallon de chefs-d'œuvre impayables.

Impayable étoit une expreffion fouvent hyperbolique avant que le bon goût & les ufages euffent banni l'hyperbole des converfations, des difcours publics & de la poëfie même, où l'on fait bien qu'elle n'eft plus admife. Pour exalter le prix d'une chofe on difoit: cela eft impayable. Tout eft grand, les mots ne font plus difproportionnés. La fageffe pratique du beau monde a donné aux objets leurs juftes dimenfions. Les amateurs de la nature préfèrent le fimple, le vrai, la précifion, au figuré & au gigantefque. Leurs propos font la naïve peinture de ce qu'ils penfent & de ce qu'ils voient, & comme ce font des êtres moraux par excellence, leurs procédés communiquent une teinte particulière à leur langage. C'eft ainfi que tout s'eft combiné de façon que le mot *impayable* ne dit rien de trop & exprime un fait bien vu & fidellement rendu.

B 3

ſans exagération. Quelques perſonnes du plus rare mé‑
rite, pour ne pas choquer les préjugés de leurs créan‑
ciers, s'oppoſent encore à l'admiſſion du mot *impayé*
qui feroit d'une vérité frappante mais trop crue.
CORNEILLE avoit dit :

« Ton bras eſt invaincu, mais non pas invincible ».

Invaincu n'a pas réuſſi ; *impayé* réuſſira d'autant
moins qu'il a pour principal obſtacle une délicateſſe de
ſentiment qui ne s'oppoſoit pas au ſuccès de l'autre ;
or la délicateſſe eſt exceſſive actuellement.

De coureurs, de bijoux, de piquantes brochures.

Ces coureurs ſont des chevaux qui coûtent fort
cher & ne ſervent que pour des gageures.

Le point eſſentiel eſt de payer ſa place.

C'eſt auſſi ce qu'il y a de plus difficile. Si les ſages
inſtituteurs du public ne trouvent le moyen de deve‑
nir autant d'aſtres qui répandent leur lumière gratuite‑
ment, ou s'ils ne font de longs crédits, leur auditoire
pourroit bien diminuer chaque année. Le prix d'une
repréſentation de farceurs ſuffit à peine pour quinze
ou vingt ſéances ſcientifiques. Une telle différence at‑
teſte beaucoup de zèle pour l'inſtruction ; mais peut‑on

raifonnablement attendre que l'enthoufiame fe foutienne toujours au même point ? fi l'on pouvoit feulement devoir à ceux qui enfeignent, il en réfulteroit plus de débit de leur part; ils feroient fûrs qu'on leur donneroit tous les momens où l'on ne fauroit que faire.

Des favans beaux parleurs, de délicieux cours.

Entre *beaux* & *parleurs* on fera libre de mettre, fi l'on veut, une virgule. Depuis fon retour d'Angleterre, le mot *Beau* a une profondeur & une plénitude de fens fur lefquelles on peut confulter le *Pocket Diɔtionary.* — *Délicieux cours* & *differter à ravir* auroient été du galimathias au dernier fiècle. *Moliere* en auroit gratifié quelque précieufe. On ne connoît plus ni galimathias ni précieufes. On fent vivement, & un jeune homme, qui pétille de génie, obfervoit ces jours-ci au foyer de l'Opéra que *les mots rendent l'âme ;* ce dont *Moliere* ou *Boileau* ne fe feroit pas douté.

Que de Belles déjà parlent fans pédantifme.

Le pédantifme eft le travers de quiconque étale une fauffe érudition. Rien de moins pédant que nos belles dames phyficiennes, naturaliftes, chimiftes, alchimiftes, minéralogiftes, magnétiftes, harmoniftes, algébriftes,

&c. Si elles fe piquoient d'être logiciennes, oh! alors elles feroient pédantes; mais il n'y a pas lieu à la plus légère imputation de ce genre. Elles n'affectent aucune fingularité, elles font au niveau de leur fiècle. Elles n'étalent point leur érudition, elles ne montrent que ce qu'elles ne peuvent plus cacher. Ce n'eft pas une fauffe érudition, c'eft la partie fubftancielle de ce que favent leurs maîtres. Juges de toute efpèce de mérite, elles ne feront jamais trop éclairées; & difciples de leurs protégés elles apprennent d'eux à difcerner ce qui eft digne d'éloge: réaction charmante qui ne laiffera rien de médiocre.

Leur enfant eft mal fain & mal morigéné.

Enfant eft ici au fingulier parce que c'eft tout ce qu'elles peuvent faire que d'avoir un héritier. Encore eft-ce un rude tribut à payer aux conventions humaines & à l'organifation. L'État n'en eft pas mieux peuplé; mais parce que les femmes du bel air font ftériles, les calculateurs manquent-ils de zéro! quant à l'éducation, on a jugé *Jean-Jacques Rouffeau*, on a plaifanté des colléges & des couvens, n'a-t-on pas affez fait? on a d'ailleurs un gouverneur & une gouvernante à fi bon marché que ce n'eft pas la peine

de perdre en ces minutieux détails des heures pré-
cieuſes que réclament le creps, le pharaon, le loto, &c.
Un gouverneur même philoſophe n'eſt pas plus cher
qu'un laquais de cinq pieds, ſix pouces; il ne fait pas autant d'honneur, il eſt vrai; mais s'il a du goût il ſert de
deſſinateur-tapiſſier dans l'hôtel, il décore le théatre de
madame, il eſt ſouffleur lorſqu'elle joue ſes propres
Drames, ou il monte & démonte les inſtrumens de
phyſique. Une gouvernante tient lieu de femme-de-
charge & ſert, au beſoin, de confidente.

Cela vit de ſanté, de vertu, de raiſon.

Tout ce qui eſt immédiatement néceſſaire à la ſub-
ſiſtance eſt ignoble; il n'y a plus guère d'honnête, de
décent que le ſuperflu, l'inutile, que ce qui tient au
luxe & aux plaiſirs recherchés. Le citoyen laborieux
n'auroit ni l'eſtime, ni la confiance de perſonne, il pé-
riroit de miſère s'il avoit la ſanté, la morale & l'eſprit
de nos gens à la mode.

Et dix luſtres plus tard, des brocanteurs de gloire . . .

Brocanteur eſt ici pour rendre plus exactement une
ſorte de commerce dont nos pères n'avoient pas d'idée.
Mais nos pères ne voyoient rien en grand; ils n'avoient

point le coup-d’œil du génie. Il y a de la gloire de toute qualité, beaucoup au viager, peu ou point au perpétuel; de la gloire de hazard, d’occaſion, de rencontre, d’affaire; de la gloire à acheter, à louer; à l’année, au mois, à la femaine, pour le temps d’une féance ou d’une viſite.

Au temple de Mémoire on arrive en DORMEUSE.

Eſpèce de voiture mollement fufpendue où l’on dort en courant la poſte.

Soudain la vanité vous offre ſon ballon.

Les bonnes-gens verront bien que ce n’eſt ici qu’une image empruntée d’une découverte qu’on n’a aucune envie de déprimer. Les ballons aéroſtatiques ne ſont pas ceux de la vanité; mais ils peuvent ſervir d’objet de comparaiſon en poëſie; & ce n’eſt point au poëte à prononcer ſi cette invention deviendra ou non auſſi utile, qu’elle eſt ingénieuſe, amuſante & ſingulière.

Voyez nos triſtes foux pour vous déſabuſer.

Un homme d’infiniment d’eſprit a dit en confidence au public que rien n’étoit plus ennuyeux que les foupers fins de la très-bonne compagnie; & l’on n’a point prouvé que cet homme n'y ait pas été admis. Tout ce qu'elle tente pour fe diftraire démontre bien qu'elle s'ennuie. Si les phyfionomies étoient des preuves, la plupart feroient des preuves fans réplique; mais il **y** en a de fi trompeufes! Un auteur qui lit fa pièce en fociété ne voit que des vifages qu'il enchante; mais l'ennui n'y perd rien. Les medécins, moins difcrets que les auteurs qu'on careffe, parlent trop de vapeurs pour qu'on croie beauçoup à la gaieté des gens du monde.

Ce n'eft pas cette fleur dont la beauté durable...

Les bonnes-gens n'étant, quoi qu'on dife, ni ignares ni groffiers, ont fouvent puifé un nouvel amour pour la vertu dans les écrits auffi charmans qu'inftructifs de quelques beaux-efprits de leur c'affe qui, s'ils vivoient encore, feroient de ridicules perfonnages dans les boudoirs & dans les bureaux d'efprit où fe fabriquent de fi étonnantes réputations. La vérité offre encore tous fes attraits dans les productions eftimables de quelques écrivains modeftes qui ne font connus que de ceux qui fe donnent la peine ou le plaifir de lire.

D'en cacher la racine on s'eft long-temps flatté.

On s'en eft flatté lorfqu'on a donné le nom de philofophie, d'amour de la fageffe, à ce que la dépravation du cœur a communiqué de licence & de libertinage à l'esprit. C'est cette fausse philosophie que les bonnes-gens évitent. Ils ont la leur qui étoit la bonne avant qu'elle fût passée de mode.

Ont pour extravaguer d'excellentes raisons.

Ceux qui taxent les gens du monde d'être inconséquens, ne leur rendent pas justice à tous égards.

Du comble du scandale on se fait un honneur.

Il existe toujours un honneur & une honte, mais ils ont changé de nature. Avoir trompé vingt femmes & fait mille noirceurs, voilà ce qui fait un honneur infini à un jeune homme de belle espérance. Une femme qui, par inadvertance, arriveroit avec son mari dans telle société où toutes ses connoissances n'auroient amené que leurs amans, seroit la seule qui rougiroit; si elle n'en mourroit pas de honte, elle en feroit du moins une maladie assez longue pour donner le temps aux plaisans d'oublier son aventure.

Un bon conseil pour elle est une injure attroce.

« Monsieur, dit un jeune élève au gouverneur qui le quittoit & qui lui avoit inutilement prêché la vertu;

» vous m'avez traité en petit garçon, en fils d'arti-
» fan. Si vous étiez un homme comme il faut, je
» vous apprendrois ce qu'on doit aux gens de ma
» forte. Votre temps eft fini, ma vie commence .»
Le père & la mère

    Ont reconnu leur fang à ce noble courroux.

Vive le bel-efprit pour être au rang des bêtes !

Il eft évident qu'on ne parle ici que des beaux-efprits matérialiftes. Il en eft d'autres qui font très-ver-
tueux, religieux fans fuperftition, philofophes fans fa-
natifme, profonds & fublimes fans audace coupable, &c.
ceux-ci font au nombre des bonnes-gens que les autres
bafouent.

Il a réduit fon code au loix du mouvement.

On avance tous les jours des propofitions qui ne
tiennent à aucun principe raifonnable, & qui ne fup-
pofent entre les hommes que des relations de corps à
corps. Ces fottifes fe débitent avec affurance, la con-
verfation n'admet aucun examen réfléchi, l'homme de
bon-fens, qui s'indigne, paffe pour un mifanthrope qui
a de l'humeur ; les jeunes-gens des deux fexes fe font
l'application de la découverte & finiffent par n'avoir

plus d'autre confcience que la douleur & le plaifir.
C'eft ainfi que les déréglemens fe communiquent & in-
téreffent l'efprit au fuccès d'un fophifme qui ravale
l'être moral au-deffous de la bête, dont l'inftinct du
moins répugne aux excès.

Vos femmes dont jamais un minéral perfide . . .

Paris, les provinces, l'étranger confomment d'in-
croyables quantités de rouge prétendu végétal, tiré
des fleurs ; de blanc, d'eaux cofmétiques, qui n'ont
aucune qualité malfaifante fur l'étiquette ou dans l'af-
fiche. Mais leur ufage eft pernicieux. Il noircit & ca-
rie les dents, jaunit, ride, brûle, ronge la peau, at-
taque les nerfs, la poitrine, gâte le fang. La raifon
n'a rien à efpérer dans le domaine des modes, puifque
la fanté, la beauté, le defir de vivre, ne peuvent rien
contre une imitation fervile, abfurde, difpendieufe,
fale & qui enlaidit.

Le crime feul outrage, & fa trace eft infecte.

En obfervant attentivement les gens aux prome-
nades ou dans les fociétés, combien peu on en voit
qui n'offrent des veftiges du défordre que caufent le
vice, les excès en tout genre, la proftitution & fes

fatales fuites ! Il n'y a que la race des bonnes-gens qui
foit faine, & encore les nourrices, quelques fervantes,
quelques précepteurs, quelques protectrices, de dan-
gereufes liaifons ou l'attrait de l'exemple en corrom-
pent-ils journellement des rejettons, victimes de la dépravation générale.

Où votre ame s'élance au fein d'un Dieu clément.

Le meilleur des mortels a encore befoin de la clé-
mence d'un Dieu.

Décrépit avant l'âge, il fe voit ifolé.

Parce qu'il ne paie plus des plaifirs dont il eft in-
capable.

Il connoît trop les fiens pour être confolé.

Il murmura de la trop longue vie de celui dont il
avoit déjà livré la fucceffion à des ufuriers ; il ne croit
pas aux vertus ; il méprife fa femme ; il ne peut fans
dérifion dire : *mon fils.* Auffi fes pareils fe font-ils tous
juftice en s'appellant *Monfieur* & *Madame*, ufage qui
n'eft qu'une forte empreinte des mœurs, celles-ci n'ad-
mettant plus ni père, ni mère, ni époux, &c.

Il ne voit que des corps & veut pourtant maudire.

Un homme qui croit que tout eſt purement phyſique & qui ſe répand en imprécations, eſt le plus
extravagant des êtres auxquels la vengeance divine ait
laiſſé la faculté de déraiſonner. Qui douteroit de la
poſſibilité d'une ſemblable extravagance, n'auroit qu'à
viſiter quelques incrédules moribonds, malades ou ſeu-
lement malheureux.

Le Jens-commun vaut mieux que la philoſophie.

Que la fauſſe philoſophie, cela s'entend de reſte.
Celle des bonnes-gens qui ne s'en vantent pas, eſt le
bon-ſens. Il n'exclut ni l'eſprit, ni le bel-eſprit, ni
la ſcience ; mais il en eſt orné, enrichi & les di-
rige à leur vrai but. Les bonnes-gens ſont ſobres d'eſprit. Il a ſa volupté, ſa débauche, ſa crapule comme
les ſens ; ceux qui n'en recherchent que l'ivreſſe ne
ſont pas ceux qui le ſavourent le mieux. Diſons aux
gens du bel air, pour ôter tout prétexte à leur chi-
caneuſe vanité, qu'un très-grand Prince eſt & ſe fait
honneur d'être du nombre des bonnes-gens. Diſons à
ceux-ci, pour les encourager à la perſévérance, qu'un
très-grand Prince prouve par ſa conduite qu'il eſt des
leurs. Laiſſons aux cœurs à le nommer.

FIN DES NOTES.